KB176433

아무렇지 않게 포옹

아무렇지 않게 포옹

박혜숙 제5시집

도서출판 **책마루**

자서

언뜻, 생의 어느 단면 앞에
숨을 불어 넣어 움직일 것 같은
정말, 그럴 것 같은
문장 앞에 구걸을 멈추지 않는 초초함
자음과 모음의 안색을 살피는
나는

2021년 4월 세월의 작은 귀퉁이에서

아무렇지 않게 포옹

목차

시인의 말

1부

2부

3부

4부

박혜숙 상담학 박사, 시인

1부

가족 일기

가족 일기

카톡, 카톡, 신호음 시대

발이 닿지 않은 말의 씨앗은 발아하지 않아요
현관의 짜릿한 센서등이 켜 집니다
거실의 저편에 맞닿은 무릎
밤이 깊어야 가족의 끈이 되지요
네온 싸인 자기 목에 플러그를 꽂은 지 오래
질긴 하루를 씹어 안주 삼아 퇴근길 맥주 한잔
자전거 페달처럼 돌았을 아들의 책가방
말랑한 생살의 하루가 잡아 당겼을 사회 초년생 큰 딸
흔들리는 잠을 다림질한 작은 딸의 초인종 소리
아이들 깰세라 까치발,
굳은 살 박힌 방 문고리 만지는 남편

잠의 고리 흔드는 새벽 알람시계 위의 집

감성 연상기법

문짝의 문풍지처럼 얇아진 계절을 빠져 나오다

문득
어린 시절 냄새 한 조각 끄집어 내면
노을 휩싸인 전봇대 위에 저녁이 걸려 있다

오랜 기억들이 스멀 스멀 피어나는 생의 바닥
기억의 서랍을 여는 순간,
사람의 둥글고 긴 창문을 마음으로 휘 저어 놓았으리라

감각을 끌어 내 손 바닥에 올려 놓고
요술램프의 주문을 문지르며 오랜 풍경을 갈아 끼운다
느슨하게 조여진 시간이 기억을 재촉한다

누구를 찌르기 위해 울음 속에 누워 있던 자리
숨이 오가는 길목의 뒷자락은
둥글게 만들어 뭉치게 하는 포도알을 깨문다
'
익어간다는 것은 이런 것일까
직립의 고도를 넘어 가거나

혹은, 감정을 밀어 내거나, 빨려 들어가거나,

그를 덮칠 수도 있는, 문장을 풀어 달래거나,
벼랑에 세워 혼절 시키거나
밀쳐 낼 수 없거든, 떠 받들거나

시(詩)와 울렁이는 계절에 채여 나는 과거와 씨름 중
이다

거울본색
– 상담실에서

그냥, 당신을 들여다 보고 싶었던 게지

뚜렷하게 윤곽을 드러내
모양을 찍어 낸 모습을 기억하는 일

숨을 쉬지 못하는 피사체인 나보다
당신은 따스한 체온이 있잖아

눈으로 보는 일보다 등을 쳐다 보며
맥박이 뛰는 동안, 네 안은 고요한 파동이 일지는 않는지
가만 두어도 쓰린 심장은
가까이 다가가도 비추어지지 않지

건드리면 쏟아질 것 같은 눈빛
손잡이까지 날이 선
귀의 행간을 접는 일 쉽지 않음을 알아
각각의 빛깔을 비추는 표현은
늘, 모습을 찾으려고 나를 쳐다보지
기억하려 하지마
그냥 그 모습 그대로 보여 줘

기억하려 하지마
그냥 그 모습 그대로 보여 줘

밖은 추워, 서성거리지 말고 들어 와 봐
몸에서 빠져 나간 체온이 얼어 붙어도
따슨 흔적을 남기는 계절은 다시 돌아 오지

쨍그랑, 쨍그랑, 신이 아닌 우린, 완전하지 않지

거울 속의 나

거울 속의 흔적을 본다

생의 어느 단면 앞에서 옷깃을 여미고 자신의 모습을
들여다 보는 것은
초대하지 않은 얼굴이 들어 앉아
그대로의 모습을 들어 낸다

곁을 돌아 볼 줄 안다는 행간에서
거울 위의 빈 공간에 그 무엇을 들여다 보며

창 밖의 유리에 비친 나무 한 그루에 멈칫
나무 가지가 움직이는 걸까
바람이 서성이는 걸까

나를 움직이는 건
바람도 아닌 거추장스런 몸을 벗어 놓은
마음이 움직이는 건 아닐런지

슬그머니 내 거죽을 찾아 입고 들여다 보며
아무 일 없었다는 듯

빙그레 웃는 일

네 그 심정을 안다, 아무렴!
거울은 내 뒤통수를 보고 중얼거린다

기억의 줄기가 만나
거울을 든 손목은 흔들림이 없이
오래 견딤이 필요할 뿐이지

경계에서 눕다

피사체로 당신의 모습을 보거나
내 기억의 서랍 중
어느 한 칸에 넣어 둔 정지 화면을 기억할 때
어머니의 눈빛을 보며 정서란
자신의 체온만으로 만들어지지 않음을 알았어
눈발이 표창으로 변하는 위태로운 겨울은
유리창 하나의 경계로
오후의 디저트를 떠 올리곤 했지
가만 두면 제 자리를 찾는 것을
포근한 눈을 덮고 누워 계신 아버지와
내가 다르지 않음이
고압선에 감전된 해가 붉은 구름을 삼키던 저녁
다시 꺼내 보지 않겠다고 다짐하며
손에 잡히는 거리에 넣어둔 얼굴을 보며
하늘을 두고 함께 할 수 있음을
이제야 알겠어
나 역시 전부를 열어 두고
누군가의 눈망울 안에서 흔들렸으면 좋겠어
과거는 무너짐이 아닌 흔들림이라고
애써 외면했는지 모르겠지만

오랜 시간 적요에 묻혀 잠잠했어
부딪히지 않으면 알 수 없는 순간들
흔들림은 깨지기 쉬운 유리잔의 또 다른 이름
경계 위에서 버티던 나의 은유인지 몰라

공유된 시간의 덫

기억 저편에 남아있는 조각난 시간
초침에 이어 분침으로 옮기며
이어가는 순환의 고리
분해된 현재가 나를 이끌어 낸다
몸에 닿았던 흔적으로 체온이 남아
하루의 공간을 빠져 나온
외투 속 온기가 만져지는 날
쉼표 후,
모든 길은 내 안의 내가 없어지는 곳에서
출발하는 것은 아닐런지
내가 걸어야할 길 되짚어 본다
길 끝이 허무가 아니길 바라며
자신을 소멸시키는 용광로여만 하는 걸까
세월의 깊이와 함께 묶이거나
타인의 내부로 들어가기 위해
나를 점점 희석 시켜도
흩어진 상태로 호흡하게 하는
들숨과 날숨 중 하나여도 좋을,
내리는 눈이 풍경을 덮으며 절경을 보여 주듯
서서히 녹아가는 과정을 짚어 보며

좌우를 정밀하게 맞출걸 하는 후회와
내부 압력이 스스로도 낯설어 당황하는 허공
때론, 혼자 쓸어 내야하는 시간을 딛고
기억이 떠밀려 내려가는 멀미를 품은 채

사람과 사람 사이에 가득한 덫
시간과 시간 사이에 가득한 덫

관람

푸드득 날아가는 새와 어울리는 건축된 펜션
보려 하지 않아도 보이는
해가 지는 모습이 있어 드라이브의 한때란 멈춤의 순
간이 필요하지 눈만 뜨면 보이는 것들, 펼쳐지는 모습
하나가 관계없는 하나의 사건이 되어도 우리는 무관하지

해가 지는 이 순간,

언제 올수 있냐는 핸드폰 문자는 잊겠어
찰나와 찰나 사이
볼 빨간 마음에 숨소리만 소란, 소란,

어쩌면, 어두워져 가는 게 두려워 밤이 이르다고 당
신을 찾는지도 몰라
아, 산 그리메, 흔들리며
서쪽 하늘 반으로 나누어 한 장소를 아우르는 당신의 모습,
사진 속에 담아 남겨도 괜찮을까
난, 남겨지는 것을 구분해야 한다면 차라리 눈을 감겠어
차 안에서 넘어가는 당신을 보내며,
때론, 휘청이며 넘어져도 끄덕 끄덕 나를 다독이며

당신처럼 흔들리며 슬쩍 넘어가도 보겠어
쉿, 쉿, 다른 사람들도 다르지 않은 감상을 할 테지

그리움이 수평선일 때

내부의 무늬는 물빛이다

마음과 반대 방향으로 서서 얼굴이 한발 뒤에 온다
담금질의 속내, 껍질을 벗기면
마음에 찔려 더 멀어지는 풍경이 될까 봐
적당한 거리를 두고 바라보는 것이다

다시 나타난 감정의 흔적을 덮어 놓고
넘을 수 없으니까 애틋한 약속의 바깥

물컹한 곳에 마음을 찔러 본다는 건
일치와 어긋남이 반복되는 평행선

달관(達觀)의 표정을 덮을 수 없기에
파장으로 만들어 놓아
당기면 솟구치고 늦추면 덜컥하고 멀어지는
팽팽한 내부의 압력으로

바람에 떠 밀리며 물의 근처에서
바다가 내려다 보이는 곳 노을로만 바라보는

사람은 가슴의 모서리에 그리움 하나쯤 묻어두고
젓갈처럼 곰삭이며 살아 간다면 죄가 아니라 생각한다
나는,

그늘에 대한 소고

낙타는 목마름을 견딜 수 밖에 없던 여름의 끝자락
사막을 지나는 바람은 그물에 걸리지 않지
모래 위 발자국이 지워지지 않는 건 배려였을 거야

시간은 흐르지만 배후에 그림자를 남기게 되지
시작과 끝이 메비우스의 띠로 엮여 있기 때문이야

산다는 건, 씩 한번 웃어 보이며 횡경막을 건드려
딸꾹질이 되어야 직성이 풀리는 핑계 같은 것은 아닐까
어느 누구나 쉬고 머물 수 있는 둥지가 필요하지

구름을 보면 모든 걸 덮어주고 싶은 느낌을 알아
비가 오기 전 눅눅한 침묵이 그림자 사이를 파고들어
하늘의 그물은 눈에 보이지 않고 감싸 안아주지

그래, 언제가 한번쯤 그늘이라고 말해 주려고 했어

기둥의 구조

그늘이 뚝뚝 떨어져 내리는 날
땅 속에 제 발목을 묶고
생의 무게를 견뎌야 하는 지
누구도 알지 못했기에
몸 안쪽에 세워 놓았을 테지
수직의 성(城)이 되어
제 자리를 떠나지 못했을 테지
눈과 팔 다리는 보이지 않아
균형을 잃지 않는 한 몰랐을 테지
버팀목이란 이름으로 세워져
측량할 만큼의 공간에 갇혀
다른 노래를 담아 둘 수 없는
가슴을 열고 들여다 보면
달리 과녁을 빗나간 적 없이
낡아가는 뿌리의 소리가 들릴 테지

기억이 담긴 버튼을 누르다

1

초승달이 방안을 기웃거리며, 눈을 꾹꾹 찌르는 별들 눈 감아도 머릿속에 떠오르던 유리창의 낙서 '너 크면 나랑 결혼 할래?" 환한 달빛, 졸던 별빛이 실핏줄 가느다란 손을 대어 눈썹을 만진다 동화 속의 삽화 같이 오래된 기억 하나 두근두근, 등 굽은 어깨 위로 새 한 마리 푸드득 내려 앉는다

2

사랑이 아니어도 좋다 심장 뛰는 소리에 누군가 가슴 열어 조용히 들어앉고 싶다 바람이 옷깃을 스친다 머리에 순한 빛이 감도는 계절 내 마음 가장자리에 머물 수 있다면 늦가을 물기 잃은 풀섶에서 찾아낸 알밤처럼 산길을 걷다 마주친 가을비처럼 눈망울에 매달리던 그대 닮은 그리움 하나 줍고 싶다

3

망원경 구멍 속에 박힌 달 사르르 훔쳐 먹다, 나를 관찰하던 달은 거리를 좁혀 내 흉터를 핥는다 길모퉁이를 돌아 담을 넘곤 할 때가 있다, 그 안을 살피다 생겨난 그림자 목안에 삼키면 달빛이 등을 두드리곤 하지,

조리개를 돌려 달을 눈앞에 당기면 이내 그물 안에
갇히는 볼록렌즈, 고개를 쳐들고 달을 야금야금 깨물다
 어느 날처럼 눈썹을 창가에 걸어 두고서

 또 다른 시간 속으로 걷는다
 그 날의 달과 별이 만나 산등성이에 걸터앉은 지 오
래다

너는 나의 바깥이다

물끄러미 마주보는 시간은 느리다
서로의 길을 마음에 담아둔 채
하나 둘 되짚어본다는 건 멀지도 않다

적당한 거리를 지켜 나가면서
접힌 길을 펴며 서성거린 바깥
제 무게만큼 푹 빠지는 감정의 뒷축이다

숨을 고르며 목 말랐던 순간을 모른 척
접근금지의 팻말에 걸어놓고 떠나는 연습
누구나 오르고 싶은 계단이 있다

눈만 끔벅이며 민낯을 드러낸 얼굴
풍선처럼 몸을 부풀려야 걸을 수 있는 몸
가끔 균형을 잃고 좌우로 휘청거린다

그늘이 잘려 나간 자리에 섰다가
어둠속에 발길을 돌리면 그 자리
몸 안에 뿌린 내린 통증을 만져 본다

안과 밖의 차이를 곰곰히 가늠하다
새 살은 가만히 놔두어야 돋아나는
눈에 보이지 않는 순간의 힘인 걸 안다

눈이 올 때마다 전화를

한밤중 두어 번 끊어 버리는 신호음처럼 밖의 풍경은
고요하다

내 곁에 다가오는 무수한 얼굴들이 차갑게 내리는 날엔
눈은 라떼여서 코 끝에 묻은 생크림으로 간질이는
그리움은 한발도 거리를 나서지 못하고 안으로만 맴돈다

누구였을까
눈이 내리는 날 가슴속에 쌓은 담의 문을 열였을 당신과
같은 창문을 서성거렸을 내가
마음의 바닥에는 말하는 만큼의 눈꽃을 녹여 마시고 있다

왜 끊었을까
많은 소리들이 한꺼번에 내려 왔다가 순서 없이 되
돌아 간다

창문이 잿킷을 벗지 않고 자신을 발견하는 날
누군가 소식을 기다린 적 있을 테지만

'그립다' 라는 동사로 바꾸어도 허물 없을 계절엔
눈이 올 때 마다 내 젖은 마음을 목소리로 보이고 싶다

정말, 괜찮아요?
괜찮다 웃어줄 수 있는 외로움은 처음부터 내부에 고
인 갈증이다

다정한 압력
- 알파고를 상담하다

닿을 듯 말 듯 앉았다가 일어나는 나사의 숨소리
어젠, 능숙하게 바둑을 집어 들고 한 수 놓아
사람을 누르기에 아찔하게 놀랐어
제 길을 가고 있는 당신의 손목이 움직이듯
방식의 차이를 이해할 수 없는 서로의 발신음
생의 어느 단면 앞에서도 옷깃을 여미고
자신의 입을 열어 숨을 불어 넣는 것은
닿고자 하는 마음이 없으면 손은 아무것도 만질 수 없지
당신은
감정의 소유권을 두고 대시한 적이 있는가
마음이라는 계절은 겪어 내는 것이다.
기억에도 남지 않았을 그 순간이
삶으로 들어 앉은 적이 있는지
오래 지속된 관계는 체온과 숨결
가만히 들여다 보며
내부에 숨어있던 무늬들을 해독하며 울어도 봐
삶의 언저리로 힘겹게 오르는 무릎의 흔적들
상처들로 솟아 오르던 통증들이
다 휘발되어야

그 자리를 흉터라 부르 듯
한 알 한 알 공간을 채우며 견디는 삶은 그런 거
흐트러진 지난 날의 부스러기들
마음의 서랍에 담아 봐
바둑판만 보지 말고 느끼는 대로 눈빛으로
클릭! 클릭! 클릭!
당신과의 관계는
얼마만큼의 거리를 유지하며 항해는 계속 되겠지

눈꺼풀 속의 무늬

눈썹 밑에서 헤매는 일은 태어날 때 부터였어

코끝을 간질이는 악어의 수염
그대로 뒤집어 쓴 쇼파를 볼 때마다

꾸벅 꾸벅, 잠의 오브제,
수평일수 없는 밖은
늪에 빠져 허우적거리는 숨소리가 쉴새없이 들려

나른해지는 몸
두 눈을 꿈벅이며 끝내 숨겨야 했던 눈빛은
모든 움직임은 살아남기 위한 변장술 일지 모르지

잠의 껍질을 벗을 때 마다
깔깔거리는 모습들을 바라보는 거,

새벽 잠을 휘젓는 일회용 알람 소리,
말의 무늬가 이불에 감긴 채 흔들어 대는
삶의 바코드, 말랑 말랑,
촘촘한,

2부

단풍숲

바닥은 없다

늦은 귀가길 지하 상가를 걷다보면
바닥을 차지하려는 연습으로
도시의 달빛 닮은 노숙의 눈빛을
잠시 외면하면서 돌아보면
모든 바닥은 창이 밖으로 열려있지

맨발은 아니라서 안심이 돼
종이컵 안에 찰랑거리며
눈빛보다 투명한 소주가 남아 있어
내부를 찬찬히 들여다 보면
슬픔이나 울음일 뿐 바닥은 없지

낮은 곳에 몸을 들어낸 물고기
굶주린 아가미를 뻐끔거리지만
수족관에서 빠져나올 때
바닥을 내리치던 꼬리의 힘은
아직 바다를 그리워하며 파득이지

단풍숲

계절이 물감을 풀자 잎이 붉게 쏟아진다

산모퉁이 돌아나서는 바람 뒷자락
계곡을 돌아서면 챙기지 못한 삶
숲 안은 햇살에 잘려 나간 기억 가득하다

붉은 멍울 만지며 숨이 막히도록
가슴 두근두근 거린다
어디에 매달려 몸을 물들이는 일은 아프다
손 펴고 흔드는 것이 당신만이 아니었을,
움켰던 계절의 뒤쪽

아무것도 보이지 않을 때까지 뜨겁게 타 올라
눈빛에 스며들어
꿈벅, 나를 쳐다보는 까닭은,

사계절을 견디어 끝내 못 잡아준 손등이 붉어
내 생의 부끄러움까지 드러내는 당신의 삶을 들여다
본다

내민 손, 따스하다란 동사로 대신하며
울컥, 손가락, 줄기, 잔 주름조차 붉어진다,

돼지국밥

국물에 우려낸 울컥함이여!

고기에 잠시 머뭇거리는 젓가락
그대의 생애만큼 절여진 새우젓의 빛깔
다 버린 몸을 굽혀 작아진 모습으로
토막 난 생 위에 뒤엉킨 시간은 푸르다

종지 안에 어깨를 걸고 걸음을 멈춘 쪽파들
맵거나
칼칼하거나
한 술 입에 무는 그대의 모습은 쓸쓸하다

후루룩, 후루룩,
눈 앞에서 풀어지고 사라지는 시간의 국물

고만 고만한 깍두기 반듯한 표정에 눈길을 주다
당황한 듯 자기 얼굴을 붉힌다

머릿고기 한 점 씹어 목 안에 삼키며
젓가락에 돌돌 말아

뼈를 버리고
살점만 골라 낸 입 안에 물집 하나 감추고 산다

이 골목을 지나면
갈등을 호호 불어 가며 만져보는
거리의 국밥집, 따뜻하다

멸치

시장 한 켠의 건어물 가게
충충히 쌓여 있는 눈들이
물발에 갇혀 꿈벅인다
죽어서 하루를 더 말라가며
숨이 오가던 바다를 내려놓은 멸치들.

한때
그들도 생이 단 번에 낚이는 것을 알았을까
눈을 감고 딱딱한 등 뒤로
꼬리 흔들며 나를 꿰뚫고 있는 몸이
물기를 털어내던 누군가를 닮았다

나의 말은 이질 않는 사람들 틈에 말라
질긴 동아줄 같은 관계에
촘촘한 목숨을 이어가는 지느러미
말라 비틀어진 빳빳한 사람들이 갇혀 있어
안타깝게 돌아서는 순간,

등 굽은 장바구니의 어깨를 툭 치며

그것 봐, 너도 멸치이지, 멸치이지,
족보로 따지면 멸치이면서, 뭘

자기 몸을 반이나 삼킨 입을 벌리고
손에 비늘이 돋아나도록 나를 옭아매고 있다

모자이크 시대
– TV를 보며

긴 잠에 빠져 한 쪽 옆구리를 기억하지 못하는 길
다음 시간의 크기와 모양을 위해 조각을 맞추며
팽팽한 마음을 가르고 올라
현기증을 끼워 넣고 솟아 오르는 계단을 걷는 길
서민 경제가 아나운서 입에 오르내리고 있다

발걸음조차 옮길 수 없는
폭염이 내려 앉은 골목을 빠져 나와
어깨에 부딪혀 녹아 내려 발 디딜 틈 없는
점점, 사람 사이의 시간을 겪어내는 흔들림

숨겨 둔 멍울이 알갱이로 녹아 움직인다는 소식이
모니터에 가득 메우면
그때서야 마음이 움직여 준다면 따뜻할 텐데

억지로 짜 맞춘 그림이 숨 막히면
퍼즐을 다시 맞추다 한 부분을 도려 내어
뉴스 속에 걸어가는 한 사람이어도 좋을 것 같다
한 계절의 문지방을 넘어 발가락을 꼼지락 거리다

입술과 눈빛이 반반 섞여 얼굴을 붉히는 일

물컹한 곳에 남겨진 사람들이 다른 길을 열어 붙여 놓은
점들의 핸들은 어디로 꺾어야 할까

점들과 점들이 모여 열었다 닫으며
내 안의 경기가 바닥을 치고 있다

문장의 딜레마

심장을 절여 찍어 내는 카타리시스

한걸음에 달려 들면 발꿈치를 물어 버리겠다는 도도함
잡힐듯 미소 한 모금에 울렁거리는
펜은 웅크리고 기다린다
때론 말 수가 줄어 들고 맥박의 박동 소리를 확장하는
울림판 크기의 낯설기

후끈하게 달군 무늬를 새기는 순간의 기록

우린,
호기심 절제 수술을 피할 수 없어 기억의 먼지
백지에 털어 내야 펜은 움직인다

자음과 모음, 퍼즐처럼 흔들어
때론, 거미줄처럼 세심한 호흡으로
때론, 바위도 들었다 놓는 허구여도 좋다

내 것이 아닌 듯 나의 삶, 타인의 삶을
신과 사람의 볼에 바람을 불어 넣어 손으로 만질 수

없는 밥이다

  종이 위에 한 그루 실버들을 심어
  계절에 흔들리고
  사람에 흔들리며 입을 열 수 없어 펜 끝에 숨을 몰아 넣는

  문장 앞에 구걸을 멈추지 않는 초초함
  카페의 흐린 창가의 안색을 살피는
  우린, 시인이다

바닥의 힘

횟집에서 바다를 걸어 봐라

누군가를 오래 기다린 사람의 닫을 수 없는 창문은
항상 열려 있음으로 보이지 않는 시간이 눈부셔
겹겹이 쌓인다, 눈이 부시다,
낮은 곳에서 바닥을 드러 낸 물고기의 뻐끔거리는 아가미
수족관에서 빠져 나온 물고기가
도마 위에서 쳤던 꼬리의 힘으로 이어지고
막 쏟아 낸 새우들로 파닥이며 탁, 탁, 탁
나도 한 때 튕겨져 나간 몸으로 움추려
늪보다 더 깊은 시간을 기어 오르는 연습을 했었으리라
지하도 상가를 걸어 오며
바닥을 차지하려 하는 사람의 눈에
달의 배꼽을 졸라 맨 허기가 두 눈을 꿈벅인다
모든 바다의 정착역은 내부가 훤히 들여다 보여야 숨
을 쉰다
숨과 울음이 오가던 들리지 않던 목소리
독한 소주빛으로 종이컵에 떨어진다,
다시 마신다,

바닥을 딛고 걸어가는 신발들은 하나같이 울컥!

자신의 바닥으로 가라 앉아 맨 밑바닥부터 였을 것이다

배밭 가는 길

배꽃 문양 사이 시간을 굽고 빗소리를 눕힌다

계절 너머, 사르르 날려야 할 일들
차마 드러내지 못한 채
벌떼처럼 떨어지는, 아니 떨어져야 가벼워지는
아, 꽃비

잔 가지 하나 하나 흔들어 당신이 살아 온 길을 말하듯
여백의 하늘 안고 길 모퉁이 돌아

꽃의 눈물 되어 숨을 몰아 쉬고 돌아서는
누구도 닿지 않는 길가 빗소리 마중 나와
꽃자리 사각, 사각, 밟히도록 깔았구나

떨어지는 간격이 일정하지 않아 저울에 올리지 못하듯
역시나 사랑은 그런 거 였구나

묻는 말에도 대답이 없이 서서히 떨어지며 풍경으로 남아
하얗게 쓰다듬는 당신,

스담, 스담,
호, 불어 펄럭이는 삶이
가벼운 몸짓으로 얇아지는,

비는 그리운 사람을 닮는다

먹물로 적신 것 같은 거리
우산 하나에 두 몸을 가리고 걷는 길
내 곁은 가슴의 팔꿈치로 전해 주는 이야기

사랑에 젖은 사람은 비에 젖지 않을 테지
사랑에 젖은 사람은 젖은 외투의 무게를 느끼지 못하겠지
네게로 가는 풍경이라서 마음이 두근 거리는
빗소리를 밟으며 걸을 꺼야

마음을 건네지 못한 거리는
그렇게 흔들리고, 흔들릴 수 밖에
바람만 불어도 그리울 수 밖에 없는 당신과 나

아픔 하나야 남기지 않았을까
당신이여! 지금 들리는 빗소리처럼
과녁은 언제나 심장을 향하지

바람에 꺽여 구부러진 우산 사이에 나와 당신은
가끔 비로 내려도 좋아

비와 모닥불

단풍으로 수놓은 벽에 새소리가 걸려
타 들어가는 가을이 걸어간다

불꽃을 태우는 숲속의 온기를 식히며
손 내밀던 계곡의 물소리
시간의 흐름에 마음을 붙이던 오랜 습관은
젖은 나뭇가지에 눈을 내려 놓는다

가끔, 뜨겁게 타 오르고 싶을 때가 있다
가끔, 앞의 사람이 보이지 않을까 겁이 난다

눈을 찌르는 연기 속
타다 남은 재를 뒤척이다
온 몸으로 불을 읽는 가지와 사람의 목소리 위에
장작 하나 얹고 말없이 돌아선다

까맣게 지필 수 있는 엉킨 말들을 물고서
하늘 하늘 숨을 고르는 불의 음정들

나에게 닿지 못한 말들이 소리없이 내려
젖은 가을 하늘을 자극한다

비의 랩소디

누군가의 기억이 걷는 소리가 창문을 두드린다

밑가슴으로 누구도 두드려 보지 못한 채
말은 마음을 다 담지 못해
소리로 돌아 나오는
낮은 목소리의 울림이 낯설다

우산 속, 한기의 새벽
물 오른 풀줄기가 서러워
잎새에 번진 물얼룩을
감히 쳐다 볼 수 없어

차갑고도 서러운 빛깔에
코 끝이 시큰거리는
소리 내어 말하지 않은 말을 삼키고
부딪히는 저 목소리

드러내 놓지 않아야 할 사연들이
내 것도 될 것 같아
창 밖의 바람이 생각을 자른다

마음의 계절이 두 번 바뀌고
밤새 창문을 두드리는 수 만큼
울려 퍼진 당신의 물의 음성에 귀를 기울이는

흙탕물에 발을 담근 채 당신의 노래를 듣는다

서랍속의 집

현관을 들어 서자 추위로 부풀린 내용증명 한 통이
쳐다보고 있다
서류를 더듬어 내려가는 동안
말이 없어지는 버릇
글자만큼 쌓여 가는 길이 만들어 낸 도로는 낯설지도 않다
기억의 뿌리를 열었다 닫았다 갇힌 달그락 거림으로
부끄럽지 않은 계절에 서서
어느 때부터
머리에 닿는 내용을 들고 우체국으로 향한다
어디서 오거나 보내 온 현기증 인지
민낯이 유행하는 이야기들
서랍 속에 담겨 있지
실수란, 낱알로 흩어 져 튕겨 나가면 그만이지
가두고 묵히며 밤을 샌다
글들이 수북히 쌓인다
오늘 밤 쌓아 둔 무언가를 더듬이로 헤집어
촉수의 속내를 들어 내지 않는다

아프다, 시간이 얇아 바래질 때까지, 서랍을 열지 않는다

폭포수처럼 쏟아 붓는 방식의 차이
비가 온다
비가 운다

툭,
가로등을 뜰 채로 뜬 환해진 밤의 거리를 더듬어 건
드린다

새벽, 커튼을 열다

시간이 향기를 맡는다
바로 밖을 보지 않는 긴 팔 동작이
살짝 벌어진 틈 사이로 바람을 불러내면
바깥의 풍경이 천을 한올 한올 타고
빛깔 고운 움직임으로 내려 앉는다
숨결 없는 것들의 펄럭거림으로 시작되는 하루
체온이 떨어지지 않게
몇 겹 천을 꽁꽁 묶어
몇 날을 닫아두고 싶은 날이 있다
몸을 좌우로 뒤척일 때마다
허물을 한 겹씩 껴 입고
나는 오래된 발바닥을 딛고 거리로 나선다
침이 묻지 않는 말(言)들 속으로
나를 끌고 가는 또 다른 나
먼지 알갱이 같은 숨을 몰아 쉰다
제 몸 안에서 펄럭이는 것들이
깃발만이 아니었음을 안다
별이 내려와 내 몸에 박힌다
모든 풍경은 햇살이 밀어 낸 종족들
굳게 다문 입으로 새벽 커튼을 여는 중이다

드라이브인 한계령

당신은 핸들을 잡고
난, 그런 당신의 귀밑머리 흰 머리를 보았지
반쯤 남은 삶의 귀퉁이를 돌고 있는
우린,
놓쳐버린 옆모습의 우묵함
손에 닿지 않은 등 뒤의 카타르시스
제자리를 돌아오는 풍경의 속도를 늦추는
세상의 모든 색체를 담고 있는
처음과 끝의 물감으로 안색을 살피듯
소나무에 내려앉은 구름
닿을 듯 말듯 손가락 리듬터치
눈앞에 펼쳐진 안개처럼 손 닿은 곳에
설레임의 등불을 달아 놓을 께
가끔,
공존의 공간에 둘만 들어가 채우는 자물쇠처럼
찰나의 멋은 숨으로 섞여야 하는

예술이다, 한계령

3부

섬들은 울타기가 없다

섬들은 울타리가 없다
– 광화문에 사람의 꽃이 피다

들꽃을 엎질러 놓은 거리가 눈을 꿈뻑인다

등줄기 젖었다 마른 풍경이 길 위에서
브레이크 페달을 번갈아 밟아
긴 호흡 중이다

발걸음 조차 어깨에 부딪히던 사람의 꽃들
작은 알갱이로 모인 환한 섬이다

때론,
작아진다는 건
어깨를 토닥 토닥 두드려 주며
다른 계절을 위해 비워 두는 것이 아닐까

서로의 등이 늦가을 바람에 흔들린다
눈망울이 흔들리는 것은 아니다
핸들은 언제나 곧은 길을 찾고 있다

이마에 손을 대어 열꽃을 재어보는 중이다

수저론

싱크대 앞에서 하루를 생각해 본다

밥상 앞에 앉아 잠시,
내가 수저를 드는 것이 아니라
수저가 내 목숨의 눈금을 재고 있는 것이 아닐까

마트와 사무실 거래처의 간격이
수저의 종종 걸음이라는 생각을 해 본다

오늘 아침,
어느 아파트에서 혼자 사는 노인이 고독사 했다는 소식과
혼밥이라는 유행어도 생겨난 요즘,

나와 평생을 함께 한 수저를 닦아 놓고
식사를 한다는 건,
한입 베어 물고 짠하게 웃어 본 적은 없었는지

중년의 문턱에 서서
싱크대의 물소리에서 바다를 그려 본다

밥상 앞에 앉아 수저를 든다,
씹을때마다 출렁거리는 슬픔

그래, 당신이다

슬픔의 박물관
- 세월호, 울보의 권리는 있다

눈을 뜨는 순간부터
우리 모두는 선택의 순간으로 남을지라도
흔들리듯 어룽거리는 무늬들이
시간이라는 바람의 힘에 사라지지 않기를
한 조각 덜어 온 바닷물이 얼음으로 기록하던 겨울이
지나고 있다
감정의 현이 사르르 울릴 때 마다
늑골 사이를 건드릴 수 없어 무섭지나 않았을까
스러지지 않는 기억이 어디 있으며
우아한 비겁이 허락된 단 하나의 방법 울보의 권리
마음에 굳은 살이 생겨도 견디지 않고
때론,
울음을 영원히 보관하고 싶은 보호구역
심장 가까운 곳에 간직하며
표정 감춘 하늘이 컴컴하게 울던 날의 기록이
두부를 씹어 어금니가 깨지듯
물만 넘겨도 식도가 녹아 내릴지라도
슬픔의 속도는 들키지 말아야 하루를 견뎌 낼수 있을텐데

건드리면 남아 있는 체온이 흩어질 것 같아
아이가 벗어 놓은 바지는 주인 잃은 계절에서
젖은 이름을 부른다
참을 수 없는,
참을 이유도 없는 푸른 슬픔
짜고 쓰고 비린 맛에 휘감겨 서글퍼지면
꽃진 자리에 피는 저 꽃은 무슨 꽃일까
혼이 녹아내린 몸들이 수업받는
졸업도 없이 울음만 복습하는 안산엔
더 이상 봄은 없다

아무 것도 아닌, 아무 것
– 상담실에서

가지의 흔들림이 무늬가 되는 것은
돌아 보면 기억의 당신이 있기 때문이지

늑골을 만진다고 심장을 잡아 줄 수 없지
괜찮아!
정말 괜찮아!
부글거림,
현무암의 부글거림을 알면서 기다리는
답의 막막한 신호음이지
당신이 부재 중 인 거리에서
내부의 소용돌이가 점점 심해질 때는
바람을 가득 넣고 내 눈을 바라 보길
당신을 꺼내려고 두리번거리지

자신이 부재인 중인 걸 알아

가끔은
천천히 발을 딛으면
허공을 밟는 두려움에
당신도 누군가의 등을 기댄 적이 있어

들어주는 사람도
대답하는 사람도
아무 일 없다는 듯 눈만 쳐다 보지

정말, 괜찮아!
거짓말처럼 숨쉬는 우린, 튼튼한 심장을 가져야 해

아무렇지 않게, 포옹

두 손은 울타리였다

아버지의 모퉁이에 농사란 헐거운 옷만 용접되어 있지만
등뼈의 기둥을 일으켜
세운 몸으로 갈퀴는 거푸짚을 긁고 있었다
잠시 체온에서 맡은 땀 냄새
들의 지평선 따라 안으로 안으로 맴돌고
노을이 하늘을 가를 때 마다
대문을 만들었던 수많은 시간들이 솟구쳐 올랐다
기운이 빠져 나간 작업복에서
땅거미가 질 때 방향을 잡아 주시던 시아버지가
생의 껍질처럼 가볍다는 사실을
조금씩 온기가 가까워 질 때 쯤
야윈 말들이 하나 둘 지나 온 길 위로
휑한 잔 그늘 구멍을 꿰매고 있다

자식이란 나침판은
팽팽한 그의 가슴을 찢고
그렁 그렁 눈썹달이 밭에 걸려 올라 온다

삶이 가늘어지면 모든 안부가 궁금해 지는 법
두 손의 울타리를 빠져 나와
전화 목소리만 키우다 몸 전체를 못난 품에 안기던 당신
핸들을 아스팔트 바깥으로 몰아 인사를 했지만
울타리는 손을 풀지 않고 흔든다

나의 몸 안엔 가슴 지느러미 하나 살고 있다

아파트 고려장

깨진 햇빛의 틈새로 벽이 퍼즐을 맞춘다
드나 들거나 넘을 수 있는
벽 속에 갇혀 어머니는
거실에 앉아 깊숙한 구석까지 무릎에 기대어 무늬를
새긴다

수 십년 느리게 이동한 기억을 더듬는 촉수로 어머니는
90세가 훨씬 기울어진 초가집 싸리문의 흔들림으로
서 있다
그녀의 귀에 쌓는 높이의 담을 넘어가면
빙그레 넉넉한 웃음을 내어 주는 일뿐

가끔 튀어 오른 거칠어진 내 목소리만큼 가벼워지는
그녀가 허리를 굽히자
들어낸 등골에 업힌 채 엘리베이터로 올라가
콘크리트를 덮고 마른 숨으로 누워 있다
어쩌면 현대판 지게는 말야
나도 가만 두지 않을 것 같아
풍습의 둔갑으로 밀린 잠을 자고 나면
바라보는 집도 자꾸만 가까워 지겠지

콜록거린 기침이 닳은 무릎 짚고 일어나
쪽잠 자다 일어난 햇살에 기대어 어디론가 바라보는 그녀
주르륵, 흘러내린 과거의 내가
그녀와의 기억을 등에 진다

엄마의 발바닥

구부정 갈퀴의 발가락을 가진 팔순의 그녀
전화벨이 울릴 때마다
뼈마디 사이에 웅크리고 있던 숨소리
똑같은 몸베 바지 세 개 가지고
중년을 보냈다는 말을
딸년이 중년이 되어서야 털어 놓으신다

동화구연 시간 곰발바닥 소발바닥
발음 연습에 빼곡이 고개를 든 그녀의 발바닥
흔적이란 흔적은 다 기억하며
부뚜막에 앉아 아비 없는 자리를
총각 김치에 밥 한 그릇 말아 목을 채운
대쪽같이 뻣뻣한 자존심의 발바닥

뭐, 그리 대단한 자식들이라고
십자가 앞에 무릎을 꿇고 기도하는
그녀의 발바닥을 멀리서 바라보면
지팡이 대신 무릎에 기름을 바르고
발바닥이 따뜻한 손이 되도록 묵주를 돌린다

곰발바닥, 소발바닥, 엄마 발바닥
곰발바닥, 소발바닥, 엄마 발바닥

엔트로피*의 이면
– 칵테일 바에서

와인 한잔은 달금질 된 쉐이크

녹기 전에 가라 앉은 짜릿한 촉감은 피가 뜨거울 텐데
저 혼자 휘청거린다

바텐더 소용돌이의 손끝에 휘말려
롱~런 쉐이크 쉐이크
와인과 얼음이 녹아 두리번 거리다 달려 들면
엎어질 것 같은 얼굴이 된다

때론,
시간 따라가면서 마음의 반대 방향으로 흐르는 덜컹거림

심장 박동은 유리잔 안에 있으면서
손에 잡히지 않는 달달한 대화가 퍼진다

누구랄 것 없는 장소에서 만나면
연금술로 그늘을 헹구는 의식
눈 마주치면 칼바람이 서너 눈금 온도를 내리며
서로의 잔을 든다

앞 줄에 선 기억은
바텐더의 손놀림, 넥타이를 푸는 사람과 사람들
시간을 겪어내는 흔들림이 나와 너의 내부로 올라 온다

견디는 시간의 나른함과
얼굴 붉어진 버티는 순간이 계단을 오르내린다

깊은 잠에 빠질 것 같은
롱~런, 롱~런, 쉐이크
누구든 자리마다 대화는 옆구리에서 잎이 돋아 난다

자신을 데우고
사람의 목을 뜨겁게 움켜 잡는 한 잔의 칵테일

*엔트로피 : 열역학에서 물질의 상태를 나타내는 양의 한가지, 자연
물질이 변형되어 다시 원래의 상태로 환원 될 수 없게 되는 현상

외면할 때의 내면

밑바닥이 드러나 쌓인 무늬를 털어 낸다

곁을 주면 낯설어지는 시선으로
잎의 겨드랑이라는
각각의 이력을 가졌으면서도 맞댈 수 없는
쇄골의 완고함처럼 스멀 스멀 감정이 퇴색되어
드러낸 윤곽의 색깔을 만져 본다

낙엽은 더듬은 시간이 흘러 쌓여져서
디딜 때마다 서로가 잘려 나간 자신의 팔을 바라보는
반복된 만남이 거듭 할수록
사계절의 경계를 긋고 서로가 보여주지 않는다

이파리가 떨어진 자리
찬 바람이 금을 그어 놓은 저녁
나무의 심장은 잘려 나간 낙엽을 보고 화끈거린다
붉은 몸으로 되짚어 봐도 소용 없는 일

부서져 들어오는 햇살 내부에 숨어
무늬를 해독하며 우는 사람을 놓아 주는 일은

엽흔(葉痕)을 보며 떨어져 자리 잡은 마음의 이면
거리를 주면 심장만 녹일 뿐이다

나란히 앉기 보다 등을 돌려
잠시 내 기억을 밀어내 주길 바랄 뿐이다
얇아지는 눈매에 깊게 찔릴수록
내부에는 어떤 것도 보이지 않는다

혼자서는 고은 빛깔이 될 수 없는 나로부터 출발하는
단풍이다

위로의 힘

"첫 손님이십니다"

고개 숙인 기사 아저씨 흰머리 위에서
아내가 까서 넣어 준 박하사탕 향기가 묻어났다

일주일에 한번
김포에서 첫차를 타고 새벽을 여는 아침
습관처럼
난, 버스를 탔다

흔들리는 네모 몸속 하나 둘 온기로 채워져
반쯤 꺼진 조명의 뒷 자석 노트북에서
삶의 말뚝 클릭으로 찍어 내지만

엄마란 새는 어느 새
굴비 한 마리 구워 자판 위에 올려 놓는다

어둠이 걷히는 풍경 속에
가로수가 초록빛으로 건물들과 부딪히는 순간들

흔들림의 연속
전봇대 전기줄 위로
놀란 새 한 마리 후두둑 날아가다 토해낸 울음

알람처럼 거리에 퍼진다,
사람, 사람, 거리, 자동차, 빌딩
삶의 리셋,

이마에 바다를 붙이다
- 강화도 섬 아이의 편지

강변에 불빛이 듬성 듬성 켜졌어요
강뚝을 따라 거리를 가늠하는 전봇대 어둠에 끌리어
빠른 속도로 달리다 경보음에 놀라 길 위에 서 있곤 했죠
내 몸의 싱싱한 짠내는 그때부터 였어요
추억 몇 모금 마시고 도시에 뿌리내려 만들어진 삶
잊지 않으려고 수없이 이마에서 꺼내 보곤 했죠
까치발 들면 우수수 쏟아질 몇몇은
하늘을 향해 아가미를 뻐끔거리며 탈출을 꿈꾸기도 했지만
자신의 그림자를 안고 안절 부절 못할 때도 있어요
아무도 없는 도시의 길을 걷다
뗏목 위에 놀던 어린 아이로 돌아가면
순하게 밟고 설 손바닥만한 하루를 물어다
당신에게 내려 놓곤 해요
지금도 눈을 꿈벅거려 줄 수 있나요
비를 토해 낸 거리가 빠져 나온 저녁
오들오들 파란 아가미로 지나가는 사람들이 코트깃
을 세워요
겉봉에 우표를 붙인 거리를 만지작 거리다
뼈 마디에 관절 부딪히는 강화도 섬의 소식

전화를 통해 들려오는 어머니에게 묻어 온 당신을
털어 내기란 힘이 들어요
당신 앞에 조심스레 걸어 가다 마주친 해당화의 볼우물
당신은 항상 그 자리에서 나를 기다리고 있군요

입술 위에 쌓이는 먼지처럼

아이들의 얼굴에 밤이 쌓여 갈 때 서야
가만히 나의 발바닥을 들여다 본다

운동장에서 수 많은 금을 긋던
아들의 운동복 먼지 위에
태양과 노을의 흔적이 지나간다

백지 위에 내려 앉은 글자들이 소리없이
지우개 속에서 모두 들어가 사라진 느낌 이랄까

너희는
세계 지도를 펴 놓고 먼 도시의 위치를 외우고
나는
금방 접은 종이학을 손바닥에 올려 놓고
감촉이 무사히 지날 때 까지 말없이 바라보고 있지

내가 알고 있는 삶을 되뇌이며
감추고 멈추어도
모든 과정은 살아 움직이는 것

자신의 문을 찾는다 무참해 질 때도 있지

잠이 내 눈 속으로 들어와 순하게 곁에 눕는 밤
깊어진 시선으로
말 안해도 느낌으로 오래 말하는 사이

잠의 기억

허공에 매달려 소리없이 부딪치는 햇볕
가로등 불빛에 밀리면
그제서야 아스팔트 열기 후끈 거린다

목까지 차오른 냉장고를 쳐다보면
나를 흔들어 깨우는 열대야
목마름은 언제나 반박자 느린 걸음이다

눈 감은 동안 잠은 무의식이다
그 안에서 체온을 서서히 식히며
창문 틈의 바람이 곁가지를 쳐 낸다
더위에 지친 시계를 껴안고 눈을 뜬다

베갯밑에 파묻고 시간을 재어보면
제 무게만큼 푹 빠진 열꽃이 흥건하다
그늘을 찾아 밤새 나를 끌고 다니던 걸음걸음에는
풀어 놓지 못한

한낮의 폭염이 끈끈하게 묻어 있다

와락

그의 향기가 생생한 발을 걷어 올린다
생의 뒷면에서 소금에 절이는 제일 센 힘이여!
왔다가 천천히 돌아가는
느릅나무 껍질처럼 달라 붙어 나란히 눕던 시간들
바람벽처럼 서럽도록 추위를 막았으므로
혹은,
메멜꽃처럼 잔잔한 온기로
습관처럼 쓸어 내릴 지 모르지만
그의 발자국 소리를 기다리다
이륙과 착륙이 금지된 것을 알고서야
생각난,
말, 말, 말,
하릴없이 풍경을 갈아 끼운다.
접고, 펴고, 접는다
말은 이 세계를 찾아 온 낯선 타인이었으므로,
직립의 고도를 넘기 위해 이동해야 하는
단, 한번만
하늘 벼랑에서 만날 수 있으면
둘,
모두,
물러설 수 없는 팽팽한 대치여!

어느 화가에게

사람의 손목에는 길이 들어 있지
손바닥 안에서 갈림길의 무늬가 새겨지는
파스텔톤의 물감을 따라가다 보면
난, 작업실 안을 두리번 거리곤 해

문득 시린 손목을 눌러 보거나
손등으로 눈동자를 비벼 보거나
눈앞에서 사라지는 시간은 보이지 않아서
캠퍼스를 엎어놓고 잠 설치기도 하지

내 몸에 묻은 물감이 얽히고 설켜
서로 밀고 당기며 아우성 칠 때쯤
생의 부대낌이 고스란히 담기기도 하지
그대 앞에 앉아 있을 수 없을 때까지

4부

저 멀리 등대가 보일 때

폐차장에서

겹겹이 쌓인 상처 보듬을 시간 없이
핸들에 의해 삶을 의지 했을 피곤한 저 몸뚱이
미처 챙기지 못한 삶을 색칠하듯
햇살에 잘려 나간 기억 간직하며

비 오는 오후,
눈만 꿈벅이며 말없이 나를 쳐다 보네

가슴에 쇠뭉치 하나 매달고 사는 일
마음에 녹슨 멍울 만지며 숨이 막히도록 힘든 일
별별 다를 것 없는 인생이라 말하고 있네

행여, 떠나는 마음 속 후회는 없었을까
몸을 내 주고 다시 태어나는 과정의 일이
당신의 삶만이 아니였을,
내 손바닥의 부끄러움까지 드러내는 듯

충충히 쌓여 나를 쳐다보는 까닭은,
툭툭, 빗물로 차창 밖을 노크하는 당신은,

저 멀리 등대가 보일 때
- 만리포에서 -

수평선 너머까지 보내보는 물빛 시선
반복의 씨앗이 발아하지 않도록 묻어 놓은 풍경 위
방향의 길잡이가 된다는 건 힘든 일이지

삶도 그럴테지
툭 터지면 걷잡을 수 없는 거대한 물결의 짐승처럼
잡아 삼킬듯 포효하다 잔잔해지기도 하고

절벽은 늑골처럼 견고해져 터지려는 심장이 존재하듯
당신을 닮은 빛이었을 사람,
하나 둘 놓치고 찾아 오듯

내부의 소용돌이 심해져 나를 꺼낼 수 없어
발버둥치며 허우적거릴 때도 있었지

멈칫, 흔들리고 휘몰아치는 기억의 이면으로
밀물이 되고 배가 방향키을 잡듯

하늘이 녹아서 흐리면 전부 안다는 듯 표정 감춘 뒤

드러내지 않은 듯한 거리에서 나를 바라보는 당신은,
비어있는 붉은 색 사이로 언뜻, 파도

언뜻, 생의 어느 단면 앞에 숨을 불어 넣어 움직일
것 같은, 정말, 그럴 것 같은,

카센타 아내의 편지

몸을 떠는 작업장의 센서등이 새벽을 밝힐 때 쯤

자동차 엔진은 툴툴대며 기지개를 펍니다
기능이란
얼마만큼 거리를 유지하며 무릎을 접어야 하나요

제 속도를 감당하지 못한 바람이 엎어지며
만삭의 배 위에 국밥 한그릇 넘기고 갑니다

어깨에 짊어진 헐거워진 지갑
꽁꽁 언 도시락으로 하루를 버텼을 당신
촘촘하게 써 내려간 글씨조차 불만스러운 표정입니다

뱃속 아이와 함께
자동차 밋션에 매달린 표정은 덮을 수는 없지만
훗날 출발지를 검색하면
자동차와 끊임없는 시차에 당황하는 과정

온 몸이 나사가 되어
천천히 되돌려 풀려 나간 시간

그 떨림을 피할 겨를 없는 통증이라면
작업장 스위치를 올려 팽팽한 겨울 하늘을 가르고
완성이라는 껍질을 벗겨 보세요

일회용 심장이 아니어서
생의 부대낌은 마지막까지 덜어내는 과정의 연속입니다

부르릉 부르릉 배꼽시계의 시동,

칼
─ 케익을 자르며

내부가 위로 올라온 일시적 현상의 얼굴
산소 부족인 양,
타인의 tunover 로 내 안의 감정을
남김없이 끌어 올렸으면 좋겠어
사람은 계절의 다른 모습인가
수 많은 그림자 안에 당신의 등이
시간을 겪어내는 숨소리인지 모르겠어
눈을 맞추기 전
마음에 발자국이 생기던 날
칼자루 쥐고 있는 걸 알았어
촘촘하게 갈무리 했던 과거는
새로운 길을 열어 놓지
걸었던 자리마다 남아 있는 헐거운 대화는 수거해야 해
언제든지, 누구나 다급한 갈증을 느끼게 마련
바삭,
부서지지 않게 보폭을 늦추며 마음의 어깨가 생기면
빵 위에 놓인 칼이 균형을 잃지 않았으면 해
우린,
달콤한 생크림을 지나 촉촉한 수분이 가득한

부풀어 오른 빵가루 속의 기포를 지나는 동안

지난 날을 천천히 계산한 당신과 나의 방정식

커피 재벌
– 참 괜찮은 사람들

내부의 바닥으로부터 밀어 올린
그림자를 가진 사람이 찾아 오면
기다렸다는 듯 습관처럼 커피 한 잔을 내민다

상투적인 말이 당연한 줄 알면서
외투 깃에 고개를 묻고
어딘가에 남아 있을 무게
나 대신 짊어 낼 수 있다는 착각

찻 잔만 내려다 보고 일어선 당신을 보거나
반만 남은 찻 잔을 내려 놓고 간 당신이나
익숙한 손으로 다시 내 잔을 채운다

시간의 침식지대가 만들어 낸 물길 위에
떠밀려 내려가는 멀미를 멈출 수 있다면
커피향에 어울어진 언어의 향기로 살고 싶다

오래지 않아 투명한 파장에 갇혀 울부짖을 사람이
둘 중 누구인지 알아도 눈짓을 보내지 않으리

당신은 물의 몸에 깃들어 울고
난, 식지 않은 공감의 간격에서
주저앉은 감정은 그리움이었음으로

물음도,
대답도 없는,
물컹한 민달팽이의 대화 법에선
한 잔 가득 당신의 마음을 사는 재벌이고 싶다

때론,

파도처럼 당신이 밀려 오면

한쪽 어깨가 다 젖도록 소리가 들려 와요
참아냄의 뒷면이 봇물 터지듯
어둠 속에서 한 잔의 술을 마시고
파도의 울음 소리를 말없이 듣는 사람은
가끔, 취기에 숨겨 같이 있고 싶지만
오랜 세월 곁이란 간격에 노출되어
슬쩍 숨기는 마음을 훔친다는 걸
어쩌지요
알아 버렸지만
모른 척 다음 잔을 기울이며
그래도 우린,
차가운 온도의 눈금을 저울 위에 올려 놓지 말아요
표현 못해 불빛 서성이는 등대를 비추며
세월을 한칸 한칸 채워가는
그림자 안에 당신은
때론, 하얀 물결의 예법으로
나를 지키며 간절하게 바라보고 있군요
온 몸의 물빛으로 또 한 잔을 부딪히며
오랜 시간 익어 간 푸른 추처럼
처얼썩, 처얼썩

겹겹이 접은 몸을 한꺼번에 일으켰다 쏟아 내며
기간이란 그리움 속에 서 있군요
출발 이라는 시작의 계절에 서서
하얀 머리칼을 흔들며 삶의 향기를 풀어 내는
그래, 당신이었군요
툭, 터지면 걷잡을 수 없는
허리 굽힌 등허리로 종일토록 불러대는 까닭에
모른 척 넘어 갈 수도 없는

폭염

능수화는 제 성질을 이기지 못해
후끈하게 달궈 놓은 바닥으로 뛰어 내린다
알맞게 붉지 않은 최상의 감촉이다

분수대에서 솟구치는 물방울들
허공에서 얼굴과 얼굴을 맞대고
서로 물끄러미 바라보다
자잘한 알갱이로 반사시켜
목덜미를 타고 흘러 내리는 햇빛들

불면에 시달리는 내 머리 맡에 앉아
밤이면 서로 눈을 마주치다
숨은 쉬어야 한다고 이마를 짚으며
열대성 호우에 몸을 적시는 꿈을 꾼다

손 안에 펼쳐 든 붉은 우산 끝에서
뚝뚝 떨어지는 물방울에 입술을 적시는
밤새도록 타다 남은 불의 흔적들

당신이 아니어도 나는 타 올랐을 테고
나만의 그늘로 도피해 밑그림을 그렸을 테지만
당신의 계절이어서 활활 타올라
불온한 기온이 지칠 때까지 녹여 낸다는 걸 안다

헤어짐의 방식

시간을 잃은 여자가 몸을 떤다.

세상을 흔드는 일은 건네지 못한 마음이 출렁일때가 아닐까

당신이 일어선 의자에 남아 자리마다 남아있는 대화를 수거하는 일, 오래 지속된 관계였다면 걷어 들일 감각들도 많을 테니까

어제의 언어들이 헝클어진 채 남아

뜨거운 어딘가에 남아 있는데 짚을 수가 없다

예감의 결과로 생긴 무늬들도 만남 이후의 일, 눈물은 자신의 심장을 녹이며 끝까지 마음을 속일 수 없음으로 고흐의 귀 하나를 떼어낸다.

당신과의 관계는 문장으로 해독해 보고 싶은 시작,

또는 , 오랜 동거

정육점에서

생을 결 따라 무두질 해 놓은 시간에서
근육 끝의 숨결이 묻어났다

갈고리의 몸 한 쪽 슬픔을 뒤로 한 채
숨소리 지워 낸 공간 붉게 물들이며
다리를 접고 무릎을 꿇던 순간

그는 저녁의 등을 쓸어 주었을 뿐 입을 다문 얼굴로
더 이상 말을 하지 않았다

" 아줌마 몇 근이요"
카드를 긁어 내리는 순간

나 또한,
그의 저녁을 버린 죄,
밖으로 나온 토막 난 생이 생각나는 날이면
울음소리 죽인 채, 입을 틀어 막는 순간이 와도
끈질기게 견뎌 볼 참이다

누군가의 숨과 결이 멈추는 이 저녁,

픽션을 위한 거짓말
– 풍선 나래이터

가속을 멈춘 키다리의 매력

스크린에 비친 군중 속 고독으로 시간을 타고 흐르는
그럴듯한 언어조차 뒤로 한 채 모던 빛 어둠속에서,

아,
당신 삶의
절정의 의식 인가요

텅 빈
내면의 속울음 제 등에 지고 가는 칼날에 베이듯
흐느적, 흐느적, 입가에 미소 짓는

아,
제발 웃지 말아요

뚝,뚝, 부러지는 몸으로 다시 일어나
빈 가슴 부풀린 채 흔들어대는 시나위

손님 놓친 사이와 사이 경계마저 아슴프레 말도 못하고

촘촘하게 번식한 물음들은 따라 붙어

지금이 아님을 안듯 모른 듯
흔들어 대며 유혹하는,

굿 나인, 아임 쏘리, 에로티시즘,

한 끼

그 이름은 자신이었음으로 기억할 뿐
그늘의 이름은 잊었겠지만
눈을 안쪽으로 넘기면서 이야기 하는 밤이 있다

예리한 세월을 놓치지 않는 새들처럼
밤을 만져 본 날엔 검은 색종이에 묻어나는
그 동안 이라는 말이 눈앞에 어른 거린다

별에서 떨어진 물음을 잔속에 넣고 흔들던 시간
묵은 허기를 잊기 위해 한 칸 두 칸
숨 쉬는 법을 익히고 있을 때

흰 뼈가 드러나는 바람이 살갗에 스치듯
허공이 매만지는 내 눈의 쓸쓸한 이야기도
오래 된 이름 하나로 나는 묻힐 것이다

내 눈과 닮은 색을 찾는 날의 일이
구름 냄새 나는 책장을 물속에 담아 넘기면
밤의 눈에서도 태어나는 그의 이름

주섬주섬 사람의 입김을 진하게 묻히면
목 안에 손을 넣어 저으면 묽어지기도 한다

" 이 봐! 난, 네 곁에 오래 앉아 있었다구"

저마다 다른 색깔로 입 속의 푸성귀를 오물거리면
수풀이 무성한 네 발바닥을 미끌거리게 하는
수많은 시간의 흐름은 한 끼의 글썽임이 아닐까

흔들리는 것들의 배후

수십 번의 여름을 홀로 쳐다 본 친정 엄마의 쌓여진 생애,

달관의 표정을 덮을수 없어
그늘의 이마를 만져 온도를 짚어 보는 버릇이 생겼네

눈치가
산딸기처럼 붉어질때 마다
겉마른 무청 버석거리는 소리를 안고 잠든
그녀의 창가,
낡아 끊어지도록 자식들 허기에 붙들려
늦은 저녁상 쉬이 놓지 못하고

빗금 가득한 뒷꿈치 세수대아 발을 담근 그녀의,
그 굳은 살 먹고 자란 등줄기로
긴 흰머리 흔들어 쏟아지는데

어쩌면, 그녀가 아니어도 나는,
머리 굴린
생각의 늪에 빠져 흔들렸을 테고
때론,

비겁함의 구멍속 젓갈처럼 자근 자근 절여져야
삶을 곰삭힐 수 있겠지만,

더는 흔들림이 흔들리지 않게 그녀의 남은 삶을 쳐다
보네, 나는.

흔적의 척도
– 동백에게

당신은 창을 보고 나는 그런 당신의 가슴에 붉은 멍
을 보았지
다가서지 못하고 당신이 서 있는 밖을 보며
숨을 몰아쉬는 습관
그래,
붉어서,
둥근 멍울이어서 당신과 난 데칼고마니
당신은 신이 그린 그림이라면
안색을 살펴 주는 붓으로 어떤 볼화장을 할 것인지
미리 알아냈을 있었을까
터질 듯 말 듯 피어나
온전히 나의 내부만을 바라볼 수 있었으면 싶어
이글거리는 당신의 통증을 짐작 못했다
사람의 일이 아니라서 흔들리며 서로를 모르는 척 당겨
색에 베이고 무릎을 접는
꽉찬 멍울이 슬퍼 보이는 건 기울어짐을 알기 때문이지
그 그늘 아래 내 그림자 생기는 것도 알아야 했어
흩어진 이파리처럼

이 삶이 다 가고 알아야 할 기억이 남았을까
오르막과 내리막의 붉은 빛깔로 고개를 들어
훅훅,
두 볼에 바람을 넣어 체온을 나누는
봄이다,
당신의 봄
나 또한,
이제야,
점점 기울어져 가며 조금은 붉게 철이 들 것도 같아
서이다

카타르시스를 통한 창작활동과 의무

박혜숙 상담학 박사. 시인

시인의 창작활동은 개인적 활동을 넘어 사회적 활동으로 귀결된다. 즉 인간이 삶을 누리는 세계에 보다 정서적이고 풍요한 감수성을 제공하여 사회를 보다 윤택하게 하는데 도움이 될 것이다. 시가 큰 의미를 지니는 이유는 시는 개인의 행복과 만족감을 주고, 창의적이고 도전정신을 길러준다는 점이다. 또한 다양한 계층의 통합에 기여하며, 사회저변의 문화적 확대와 사회통합에 한층 더 가까이 다가가고 있다. 이런 점에서 우리가 살아야 할 미래는 시가 갖고 있는 무한한 상상력과 창의력이 영감의 원천이 되어 더 많은 생각으로 삭막한 현실에 꿈과 희망을 줄 수 있는 마중물이 되어야 할 것이다. 그런 맥락에서 자신감 향상, 내면의 표출과 감정 해소로 언어로서 부딪히는 감정위기를 완화시키는데 긍정적인 정신건강과 시인의 의무를 다 하여야 할 것이다.

시인의 첫 번째 의무는 언어에 대한 의무이다. 시인은 정성스럽고 섬세하고 특별한 시선으로 언어를 대하는 작가이다. 감정의 노출과 감정의 억제를 통해 각 낱말의 의미를 치밀하게 되새겨 보는 사람, 그러나 각 단어들의 사전적 정의에만 만족하지 않고, 그 잠재적 의미를 파악할 줄 아는 사람, 감정으로부터 탈출이라는 스스로의 잠재력을 바탕으로 언어에 스스로를 비춰 보며, 언어를 재배치하는 사람, 논리적 언어와 통상적 언어의 묘사를 통해 언어가 가지고 있는 화려한 기억과 존재들의 가치를 인식하고 있는 사람이다. 언어의 적확성과 언어의 창조능력을 감지하는 사람이며, 시인은 자음과 모음을 경건함과 겸허로 바라볼 줄 아는 사람이다

시인의 두 번째 의무는 자신의 언어 속에서 하나의 독특한 영역을 구축하는 것이다. 이것을 자신의 시어로 안정화시키고 스스로를 온전하게 작품으로 승화시키기 위한 책임이 있다. 이것은 까다로운 글쓰기 작업의 소산물로서의 시가 '초자연적 조건'을 충족하게 되는 순간 그 시에 대해 평생 감정의 책임을 가지기도 한다

시인의 세 번째 의무는 세상에 대한 의무로 깨달음과 관심의 의무이다. 시인은 외부세계 모두가 시인 자신을 위해 존재하는 것처럼 느끼는 존재이다. 시인은 그 어떤 것으로부터도 시선을 거두어서는 안 된다. 아무

리 보잘 것 없는 대상이라 해도 눈길과 관심을 주어야 하며 침묵의 세계를 위해서 목소리를 낼 수 있어야 한다. 돌멩이, 나무와 하늘, 빵과 바구니, 무연탄을 위해서도 소리를 낼 수 있어야 한다. 시인은 우리가 바라보는 하늘, 서 있는 대지, 찰나적인 영원함으로 우주와 하늘과 대지를 대신하여 말한다. 시인은 연결하고 결합하고 분리하면서 세계 속에서 실재를 만들어 낸다. 관계의 끈을 포착하고 연결하는 것이 시인의 일이라면, 포착한 관계가 진실한 감정과 시어로 시가 되게끔 만들고 다듬는 것이 시인의 의무이다

시인의 네 번째 의무는 사물과의 경계선의 끊임없는 도전이다. 시인이 아침과 저녁의 노을을 노래할 때, 먼 곳을 응시하거나 혹은 우리 가까이 있는 것을 응시하며 부각시킬 때, 혹은 실제로는 동떨어져 있는 현실들을 이미지를 통하여 연결시켜 표현할 때, 시인은 시간과 기억과 공간의 자취를 더듬으며 우리 존재의 모습과 자오선을 그려낸다. 시인은 자신의 언어를 통해 우리 존재의 경계를 긋고 그 경계선을 넘어서며, 때에 따라서는 새로운 경계선을 만들어 내기도 한다. 여기서 바로 시인의 경계선에 대한 의무를 떠올린다. 우리 삶의 위대함이라는 것은 우리의 삶이 '두 개의 심연 사이에서 이토록 소박하면서도 충만하게 존재'하기 때문이며 이 사실을 일깨워 창작하는 것이 바로 시인의 몫

이기 때문이다. 시인은 우리 앞에 있는 것을 보고 말하면서, 동시에 끊임없이 '다른 것'에 대한 시선을 멈추지 않는 사람이다. 이토록 경계선에 대한 의무이자, 기억과 제안의 의무를 충실히 하며 새로운 작품을 만들어 내는 시인은 자기 자신을 초월하여 존재하게 될 어떤 것을 만들어 내는 것이므로 그것은 과거에 대해서, 그리고 미래에 대해서 이중의 책임을 지게 된다. 현재를 구현하는 것, 즉 '우리는 어디에 있는가?' '우리는 어떤 시간 속에 존재하는가?' 등의 질문에 답하는 것도 시인의 소임이지만, 시인의 시선은 늘 심오한 시절로 향하고 있다. 왜냐하면 시인은 과거의 사물들을 다루는 사람이기도 하기 때문이다. 따라서 시인은 현재의 찰나적인 모습을 상황과의 관계 속에서 생생하게 그려내야 한다. 뿐만 아니라, 다른 한편으로는 그것을 '무'의 경계선 속에 위치시키고 그려내야 한다.

시인의 다섯 번째 의무는 인간애의 의무이다. 시인은 타자에 대한 혹은 후세에 대한 표현의 의무를 다하여야 한다. 시인은 시적 언어들을 통하여 그들의 정체성에 대해 끝없이 물음표를 던짐으로써 그들의 존재에 대한 견고함을 부여한다. 고찰을 통해 동일한 것과 다른 것을 함께 바라보며, 모든 존재, 모든 사물들과 대면함으로써 '무엇이 다른 것인가?' '무엇이 본연의 것인가? 라는 본질적 질문에 대답할 수 있어야 한다. 시인이 열정의 에너지와 신중함과 고통으로 사랑하는 존재들을 노래하고 가까이 할 때나 우리 곁의 혹은 사라져버린 무수한 존재들을 노래할 때 그것은 사랑의 작업이 된다. 사람들의 마음을 현혹시키기보다는 진심으로 감동하고 함께 할 때, 그것은 사랑의 의무가 된다. 시는 단순히 말을 거는 것이 아니라 마치 벌거벗은 마음들을 위로하며 손으로 어루만지며 보살피듯 다가가야 하기 때문이다.

시인의 여섯 번째 의무는 사고와 감성과 느낌에 대한 의무이다. 시인은 외부에 존재하는 그 어떤 것으로부터도 눈을 떼어서는 안 된다. 뿐만 아니라 내적인 모든 것, 욕망과 심리적 변화, 생각과 슬픔과 기쁨, 희망과 절망 중 어느 것도 소홀히 해서는 안 된다. 왜냐하면 시인은 인류의 비인간적인 면까지, 우리의 내면을 충족시키는 것들 뿐 아니라 우리 안에 공허함을 만드는 것까지 모두 감싸고 포용하여 인류의 영혼을 감시하고 책임져야 한다는 의미일 것이다.

시인의 몫은 불평과 찬사의 공간을 마련하는 것이요, 시인의 몫은 가치와 감성의 언어를 구가하는 것이다. 숫자에 맞서 격조를, 억측에 맞서 운율을, 기계음을 살리고 장사치의 소음도 맞서 흘려보내지 않으며, 리듬을 살려내기 위해 저항하는 것도 시인의 몫이다. 존재 안에서 또는 존재를 통해서 일정한 품위를 지키며 구가하는 것, 고차원적 의미에서 존재와 환경이 일관성과 일체성을 이루도록 하는 것도 시인의 의무이다.

　시인의 일곱 번째 의무는 따뜻한 시선의 의무이다. 인간정신을 성숙하게 하고 분리시키고 멀어지게만 해 온 사람들 사이에 연결점을 찾아준 뿐만 아니라 이를 통하여 부드럽게 포용하는 법을 찾아주는 것도 시인의 몫이다. 관찰과 성찰의 의무, 깨달음과 관심의 의무, 특수한 시선의 의무 등 시인의 의무 가운데 상당부분은 결국 시인의 시선에 관한 것이다. 시인은 일차적으로 자신의 시선에 대해 책임이 있으며, 자신의 시선을 펜으로 옮겨 기록하는 것, 자신의 생각을 문장으로 담아내는 것도 시인의 책임이다. 시인이 선견지명이 있는 사람이건 아니건, 단순한 목격자이건, 예언자이건 시인은 자신의 시야 안에 육안과 혜안으로 보이는 것과 보이지 않는 것을 모두 포괄해야 한다.

　시인의 의무에 추가하고 싶은 것이 있다면 다소 시대에 뒤진 듯이 보일지도 모르지만, 희망의 의무와 아름다움과 진실의 의무가 있다. 희망은 '절망의 에너지'에서부터 끌어 올릴 수 있는 것이라고 생각된다. 글쓰기라는 고된 작업을 힘겹게 지속해 가면서 우리는 그 속에서 희망을 끌어올리며 진실한 마음으로 펜을 들어야 한다. 희망한다는 것은 모든 것을 부정하고 나서 마지막으로 '나는 신뢰와 희망을 주어야 한다'고 외치는 것이다. 글쓰기의 윤리에는 진실의 의무 외에도 '좌절로부터 벗어나게 하는 의무'와 같은 것이 포함되어야 한다. 시인이란 심지어 그 자신의 저항과 반항마저도 지상의 조건을 더 잘 감내하기 위한 양분으로 쓰이게 하는 사람이다.

오늘날 시인의 의무는 인간적인 면이 어디에 존재하는지를 알려 주는 것, 그것을 보여 주고 가려내 줘야 한다. 그래서 그 지도를 그려 주는 것이다. 시인의 임무는 몇몇 사람들이 생각하는 것처럼 우리가 살고 있는 현실 속에서 비인간성을 부각시키는 데 있는 것이 아니다. 오늘날 우리는 우리를 어떻게 잘 살게 하는 것보다 파괴시키는 것이 무엇인지를 더 잘 알고 있는 듯하다. 시는 처해있는 모습을 악화시키거나 혹은 해결을 목적으로 하지 않으며, 단지 우리의 존재 근거를 찾아 주고자 한다. 우리가 균형과 정체성을 찾을 수 있도록 도와주는 기준점들을 고집스럽게 종이 위에 그려 가는 것이 바로 시이다.

우리의 삶을 조금 덜 부조리한 것으로 만들어 주는 것, 그것이 바로 우리가 시인에게 바라고 요청하는 일이다. 우리는 시인들이 작위적으로 미화시키거나 사물의 진실을 속이는 대신 우리의 본질이 무엇인지 그리고 우리의 생활 속에 얼마만큼의 꿈과 욕망이 존재하는지 그대로 보여 주기를 원한다. 행인의 시선으로 우리에게 희망과 꿈과 사랑의 진실한 조건을 한 마디의 간결한 언어로 전달해 주기를 원한다 삶과 죽음의 시간을 승화시켜 표현해 주기를 원하고 우리가 길을 잃지 않도록, 우리를 삼켜 버리는 도저히 빠져 나올 수 없는 나락 속에 빠져 들지 않도록 도와주기를 원한다.

결국, 우리가 시인으로부터 바라는 것은 벌거벗은 있는 그대로의 진실 그 이상도 이하도 아니며 바라지 않는다. 그 진실은 추상적이고 일반적인 것이 아니라 구체적이고 급진적이며 우리의 삶의 근거를 재조명하게 하는 것이다. 그것이 바로 시인의 의무이고 존재의 이유이기도 하다. 시가 그 궁극적 목표를 무엇이라고 천명하든, 시가 추구하는 것은 우리의 존재 이유를 삶 속에서 생생하게 끌어내어 살펴보고 되짚어보게 하는 것이다. 현실과 이상을 대면시키고, 시간의 축과 시차 속에서 과거와 현재, 미래를 대비시킴으로써, 무엇이 옳고 옳지 않으며, 무엇이 가능하고, 무엇이 불가능한지를 구분해 줌으로써 시는 우리 존재의 근거를 드러내 준다.

시인은 창작의 무의식 속에 영감을 얻고 그것을 자신의 세계로 만들어 나간다. 그러므로 창작의 무의식은 원형적 상징 안에 투사된 내부 세계가 균형을 이루면 성숙하고 건강한 인격의 성장이 되는 것이다. 다시 말하면 성인군자의 길로 특별하기보다 온전히 평범해지는 것을 의미한다. 시인은 완성체이기 보다 온전함이란 따스함이 내포되어 있다. 이런 면에서 시인은 시로

하여금 감추어진 나를 찾아가며 무의식의 세계, 다시 말해, 창작 과정을 통해, 페르소나에서 자아를 분화시키고 분리하여 무의식의 의식화 단계를 거쳐야 한다고 볼 수 있다.

　자아 안에 의식하지 못한 것을 모형으로 인식하고 자신의 메시지를 듣고 자기 전체의 삶을 구현해 나가야 한다. 이러할 때 진정한 시의 세계가 이루어진다. 그러므로 시인은 시의 본질적 요소와 시의 도덕성의 자체에도 관심을 기울여야 한다. 예로부터 시인은 뮤즈로부터 부여받은 능력을 바탕으로 영감을 얻어 활동하는 존재로 여겨져 왔다. 이제는 시인의 능력의 단계에서 벗어나 시인의 책임에 대하여 논해야 할 때가 왔다. 시인에 대한 섬세한 통찰의 비유들, 예를 들어 '가벼움의 존재' '날개를 가진', 혹은 '성스러운 존재' 등에서 벗어나 오늘날 시인들이 시를 쓰기 위해 짊어져야만 하는 책임이 무엇인가에 대해 논하자는 것이다. 글쓰기라는 것이 본질적으로 '뼈를 깎는 행위'이며, 따라서 스스로에게서 오는 좌절감을 비롯한 다양한 방해요소로부터 끝없이 도전과 용기를 받으면서도 꿋꿋하게 견뎌가며 지속해야 하는 행위인 만큼, 책임과 의무 등의 개념은 어떻게 보면 글쓰기라는 행위에 본래 내재하는 것으로 볼 수 있다.

　따라서, 창작작품은 곧 자신의 이상과 열정 그리고

내면의 철학으로 바라보며 작품의 가치는 경제적인 것으로 받아들이지 않으려는 현실과 이상 속에서 대립되며 작품 활동을 통해서 자신의 예술 철학을 실현시키기 위해 혼신의 노력을 다하는 시인들의 심리적 특성을 고려하고 예술작품을 창조해 낼 수 있도록 긍정적 힘을 북 돋아 줄 수 있도록 노력해야 할 것으로 사료된다.

자기 형태의 빛깔과 색을 가지면서 시인의 자신의 자존감을 얻고 창작활동에 높은 기량을 발휘하면서 경력 개발을 하고 주위기대를 부흥하면서 서서히 심리적 안정을 찾아 창작스트레스가 스트레스로 끝나는 것이 아니라 카타르시스의 효과로 거듭나 작품에 매진할 수 있는 것이라 사료된다. 창작의 길은 경험과 지식과 내면을 모두 겸비하고 새로운 창조를 통해서만 가능하다.

시는 타인과의 관계에서도 마찬가지다. 단절된 소통을 시로 풀어보고 싶은 시인의 마음에 내포되어 있다. 한편 살아 있는 신체 일부로써, 모든 사물을 투영하고자 하는 문학적 수단이기 보다는 새롭고, 창의적인 사고방식으로 보아야 할 것이다.

시는 결정적인 수많은 시간들을 서로 결합하고 역동적으로 움직인다. 쉽게 잊혀 질 수 있는 기억의 파편들은 겹치고 또 겹치면서 생생한 미적 울림을 갖는다. 기억과 감각의 시간들을 자유롭게 불러내고 결합시킨다. 창의적인 사고방식의 틀과 수단으로, 더 나아가 시인의 닫힌 갈등을 깨뜨리는 치료적 수단으로 아름다운 사유의 깊이가 더해지길 바랄 뿐이다.

책마루 시인선 26집

아무렇지 않게 포옹

박혜숙 지음

초판인쇄 • 2021년 4월 25일
초판발행 • 2021년 4월 25일

발행인 • 박영봉
편집고문 • 김가배
편집인 • 박혜숙
펴 낸 곳 • 도서출판 **책마루**

등록 • 제388-2009-0001호(2009년 1월 2일)

주소 • 경기도 부천시 경인로 209(심곡본동) 3층
전화번호 070-8774-3777
모 바 일 010-2211-8361
전자우편 pofos@naver.com

ISBN 978-89-97515-34-9 03800

이 책은 부천시 문화예술 발전기금 일부를 지원 받아 출판했습니다,
이 책의 판권은 저자와 책마루에 있습니다,
무단 전제와 복제를 금합니다,